자작나무 옹이

자작나무 옹이

—

초판 1쇄 2023년 9월 25일
지은이 조안
펴낸이 김영재
펴낸곳 책만드는집

—

주소 서울 마포구 양화로3길 99, 4층 (04022)
전화 3142-1585·6
팩스 336-8908
전자우편 chaekjip@naver.com
출판등록 1994년 1월 13일 제10-927호
ⓒ 조안, 2023

—

* 이 도서는 강원특별자치도, 강원문화재단 후원으로 발간되었습니다

—

ISBN 978-89-7944-846-7 (04810)
ISBN 978-89-7944-354-7 (세트)

책 만 드 는 집   시 인 선 2 2 6

자작나무 옹이

조
안
시
집

책만드는집

바람결 따라 흔들리는

한 포기 구절초 앞에서

덧붙일 말은 없다

2023년 9월

조안

| 차례 |

5 • 시인의 말

1부   이 가슴 터널을 뚫고

13 • 굴착

14 • 너는

15 • 땅끝마을에 와서

16 • 줄에 관하여

17 • 시간 공방

18 • 가족

19 • 장좌도

20 • 서운암 된장

21 • 길을 잃은 너에게

22 • 얼음꽃

23 • 협재 해변

24 • 비양도에 가려거든

25 • 풍경 없는 절집

26 • 천지에 닿아

2부 그대 안에 뿌리내리길

29 • 허공에 파종하다

30 • 메아리

31 • 가베또롱

32 • 수렴동계곡

33 • 샹그릴라

34 • 섬광

35 • 우수리스크 고려인

36 • 작품

37 • 여수 연가

38 • 몽돌 해안

39 • 니 지금 뭐 하고 있노

40 • 능소화 피는 아침

41 • 신격양가

42 • 풀씨 선생님

43 • 끝이 없는 길

44 • 사라오름

3부   웃고 살모 최곤 기라

47 • 환승

48 • 왜?

49 • 코로나 시대

50 • 해피 버쓰데이

51 • 숙이 이모

52 • 택배 기사 모 씨

53 • 부자

54 • 배웅

55 • 소나기

56 • 무소유길

57 • 밤비

58 • 해파랑길 44코스

59 • 사려니숲

60 • 가정법으로

62 • 호남평야

4부 풀어내니 흐르는 길

65 • 봄 무늬

66 • 뒷모습

67 • 곰배령

68 • 옹이

69 • 내린천 따라

70 • 아유가빈

72 • 배나무골 시편

73 • 비설거지

74 • 송이는 힘이 세다

75 • 명아주

76 • 잔뿌리

77 • 우문현답

78 • 토박이 순호 씨

79 • 통나무의 말

80 • 농부는 시인이다

81 • 해설 _ 이송희

1부

이 가슴 터널을 뚫고

굴착

지하에 매설된 고압 선로가 있어서
허가를 받아야만 땅파기 가능하다는

공사장
펜스 경고문
눈에 훅, 들어온다

허락 없이 마음을 뒤흔드는 풀꽃들아
너희에겐 언제든 무단 굴착을 허용한다

이 가슴
터널을 뚫고
들어와도 좋단다

너는

연못 위 동그랗게
퍼지는 빗방울이고

유영하는 잉어가
그려내는 파문이야

눈앞에
보이지 않아도
얼비치는 물무늬야

땅끝마을에 와서

발가락에 생긴 상처 모른 척 외면하고

절며 끌며 땅끝까지 오고서야 알았네

발가락 하나하나가
몸 세워 걷게 했구나

해남군 송지면은 엄지발처럼 매달린 땅

파도와 모진 비바람 고스란히 받아내고

돌벼랑 굽은 소나무가
반도를 세우는구나

줄에 관하여*

줄과 줄이 만나 출렁다리 하나 놓듯
사람과 사람 사이도 출렁이며 줄을 잇지

물감이 번진 자국은
잇대지 못한 주춤거림

그넷줄이 마주 보듯 우리가 맞댄다면
인드라 그물망처럼 서로 어우러지지

이어진 그 구명줄에
그림 한 폭 걸리고

* 파울 클레 〈줄 타는 사람〉 참고

시간 공방

뭐라!
시간을
주무르고 뚝딱인다고?

가만히 앉아서
국경을 넘나든다고?

꽃송이
피워내려고
씨앗부터 만든다고?

가족

꽃이든 동물이든 반려가 되는 세상

눈빛을 나누며 외로움을 건너가네

오롯이 함께한다면 돌멩인들 어떨까

마음도 지친 몸도 온전히 쉬어 가는 자리

한데 살든 멀리 살든 평생 그리운 사람

기꺼이 풀어주고는 서슴없이 감기게

장좌도

우리 사이
비바람 칠 때
무인도로 가려네

마알간 모래처럼 고요가 내리쌓이면

밀려와
되돌아가는 파도
오고 간다고
잠시라고

서운암 된장

그 암자 가보기 전 된장부터 알았다

여기저기 방랑하며
세상 간을 보다가

마침내
집에 돌아와 먹는
엄니 밥상 그 맛이다

오래 묵었다고 깊은 맛이 절로 날까

안으로 꾹꾹 누른
짜고 쓰고 텁텁한 맛

도량석
새벽마다 깨어
저도 따라 익었다

길을 잃은 너에게

버드나무 가지가
공중에서 걷고 있어

사방으로 구부러지고
엉켰다가 나아가지

쭉 뻗은 그 길만 길 아니야
네가 가면
길이야

얼음꽃

나 지금 저 강물 얼음꽃이 되려 하네

투명하게 간절히 가지 끝에 매달려

봄보다 먼저 닿아서 봄소식 전하려고

질 때 지더라도 꽃 한번 피워보자고

깨질 때 깨지더라도 신나게 살아보자고

사그락 사그락대며 하루살이 꽃 피우네

협재 해변

노을은 자꾸만 바다로 가라앉고
비양도는 그 노을
안타까이 바라만 보고
난 그저
할 말을 잊고
망연히 서 있을 뿐

시간이 밀어 올린 조개 사구沙됴 살가워
퍽퍽한 가슴 안아주는
모래 모래 은모래
순간이
손가락 사이에서
그냥 멈춰버렸네

비양도에 가려거든

입 다물고 손 거두고 섬으로 들어야 하리

한라산에서 날아온 비양봉 오르는 길 산딸기 오디가 지천으로 농익어 거저 얻은 열매니 먹고 쓱 입 닦으면 그 누가 알까 해도 신당은 알고 있지 펄랑못 한 바퀴 돌아 선착장으로 향할 때 바닷가 바위틈에 백년초 열매도 익어 손발이 절로 가서 그 과실 똑 따서는 백 년 살까 천 년 살까 고민 아닌 고민이라 비양나무처럼 예민한 비양도 주민들이 이것저것 함부로 손대는 외지인에게 대거리는 못 하고 속으로만 토라지는데

백년초 솜털 가시가 톡 쏘는 말 대신 찌른다

풍경 없는 절집
－송광사

야트막한 동산이 둘러싼 보금자리
그 안에 한 송이 연꽃
소담스레 피어 있네

비껴서 앉은 전각은
겹겹 꽃잎이어라

조계산 줄기 따라 어떤 기운 이어지길래
열여섯 나라의 스승
법맥을 이으셨을까

풍경도 몸을 감추고
숨죽여 정진하네

천지天池에 닿아

먼 길 돌고 돌아 마주하게 되었네
기나긴 대기 줄 속 밀리고 쓸린 뒤에야
그 깊고 청청한 기운과
닿을 수 있었지

그리움 발효시켜 기다려온 순간이라
잠시 잠깐 만남이 또렷하게 새겨져
눈 떠도 눈을 감아도
그 푸른빛에 빠지지

이 강산 하나 되어 시원스레 오가는 날
쿵쾅거리는 가슴 안고 다시 찾아가리라
백두산 비탈로 올라
하늘 향해 서리라

2부

그대 안에 뿌리내리길

허공에 파종하다

공중에 퍼진 씨앗 어디서든 움이 트듯

고마워
잘했어
멋지네
넌 좋은 사람

이 말들
멀리 날아가
그대 안에 뿌리내리길

메아리

마음이 무거운 날 홀로 산길 걷는다

벗을 수 없는 배낭은 무게로 다가오고

숨이 찬 고갯마루에서 올라온 길 돌아보네

멀리 바라보면 동화 같은 집과 사람이

왜 가까이에서는 벽이고 상처였을까

뾰족한 심정을 안고 칼바위능선 지나가네

한 발씩 옮겨 디딘 아찔한 낭떠러지가

베이고 무너지는 건 한순간이라 하네

가뿐한 고요 한 채가 이제 산을 내려간다

가베또롱

바당에서 놀멍
오름에서 쉬멍

느영나영 나영느영 고르멍 드르멍

바람이
낳아 기른 말
둥그스름 섬처럼

수렴동계곡

백담사 빙빙 돌다가 허전해진 두 손이
찰박거리던 개울에서 문득, 돌을 쌓아 올려
소망탑 하나 더 늘었네
기운이 풋풋하네

물만큼 많고 많은 여기 돌탑들은
별이 총총한 밤 계곡을 오르는데
옛 탑이 어린 탑 데리고
길라잡이 나선다네

소沼마다 들러서 닦아내고 다듬고
서로 붙들어 주어 물살을 이겨내며
봉정암 이르러서는
층층절을 올린다네

샹그릴라

해발 삼천이백 미터
누강 건너 내리는 비
올챙이 논우렁이도 천진난만 웃는 곳

빗물에 맥박이 뛰어
숨탄것들이 뒤치네

서울에 비 오시네 아이라오산도 젖겠네
눈썹 먼지 걷어내고 빌딩 숲도 씻어내

빗물에 깨어나는 도시
여기도 유토피아

섬광

내 평생 다이아몬드 지니지 못했는데

　오늘 강가에 와 귀한 보석 간직하네 물결과 햇살이 공들여 만든 걸작을 귀중품이 아무 데나 굴러다니지 않듯이 윤슬도 아무 때나 보이는 게 아니어서 시간을 캐내야 하네 번쩍거리는 찰나를 장신구 있으나 없으나 아무렇지도 않을 즈음 그쯤은 되었다고 가슴 펴고 살았는데 깊숙이 감춰둔 욕망 강물에게 들켜버리고 누구도 가지지 못한 호사를 누리네

　두 눈에 가득 들어온 윤슬, 아니 다이아몬드

우수리스크 고려인

고모나 삼촌처럼 핏줄은 당기는데

하는 말 듣고도 듣지 못해 멍든 가슴들

아리랑 한 줄기 강물에 일렁일렁 흘렀다

작품

꽃물결 몰려드는 매미성을 바라보네
몹시 거친 매미가 복항마을 휩쓸고 간 뒤
터전을 지키겠단 뚝심이
성 하나 올렸는데

스쳐 가는 향기를 잡아채 토대로 삼고
돌덩이를 쪼듯이 생각 덩이 다듬은 뒤
손품이 틈새 메우며
시어 쌓아 올려서

단단하고 멋진 성곽 펜으로 지어볼까
동백 어우러지고 괭이갈매기 날아들어
강풍이 휘몰아쳐도
끄떡없는 성채를

여수 연가

돌산대교 지나가며
밤바다 바라보네

잔잔하게 힘차게 밀려드는 물이랑

그대도 저 물결처럼
마음속으로 밀물지네

오동도 스치고 온 비릿한 바람결엔

돌김 단맛 같은 사람 냄새 실려 있어

남도 말 둥글게 굴리며
터를 잡아 살고 싶네

몽돌 해안

곁에 있어줄게
네 손 잡아줄게

네 눈을 바라보며 너의 말 들어줄게

모두 다 받아줄 거야

다그래다그래
다 그래

니 지금 뭐 하고 있노

만난 일 없어도 그리운 사람처럼

마음 먼저 머무는 그런 절 한 채 있어

시시로 구름 드나들어
서늘한 운문사

만세루 옆자리 처진소나무 가지가

동서남북 고르게 푸른 그늘 드리우며

니 지금 뭐 하고 있노
나에게 묻고 있어

능소화 피는 아침
-백수 선생님을 기리며

눈길 가닿을 데 없어 허허롭던 그 시절

꽃 한 송이 앞에 두고 세상을 열다니요

향기에 더듬더듬 끌려
꽃빛 따라 걸었습니다

걷다 보니 이 길은 봄이고 봄입니다

뭇 생명과 사람이 그저 나란하다니요

칠백 년 이어주는 등불
어스름 길목 비춥니다

신격양가

유럽 어느 나라 대통령 선거에서는
좌파 우파도 아닌 연기파 배우가
국민의 열망을 받들
드라마 실현했다지

부패가 심해지면 머리띠 질끈 동여매고
굶주림 계속되면 눈빛이 달라지지
그 백성 그물질하면
그물 곧 찢어지지

채널을 고정해서 뉴스를 시청하고
일하고 먹는 밥 지극히 당연하다면
누군가 높은 이름을 건들
너와 무슨 상관이랴

풀씨 선생님

바람 타고 날아가며
퍼지는 풀씨 풀씨

돌 틈이든 벼랑 끝이든
내려앉는 곳 어디라도

꽃 피울
소망뿐이지
탓할 줄을 모르네

끝이 없는 길

꽃망울 부푸는 삼월 하고 어느 오후
머리 손질 기다리는 여인들 대화 들린다
앞다퉈 성형받은 일
소리 높여 자랑한다

앞트임 뒤트임에 올리는 건 자존심만큼
보톡스는 조금씩 티 안 나게 한 달에 한 번
목주름 펴고 난 뒤에
진주 목걸이 걸었다고

고쳐서 자신감 얻으니 아까울 게 뭐냐고
지갑을 활짝 열어 청춘을 사는 사람들
나이를 서로 밝힌다
칠십 하고도 위쪽이라고

사라오름

더는 참을 수 없어 터지고 솟구쳤나
솟구쳐 흐르다 굳어 돌덩이가 되었나
천 년을 닳고 닳으며 바닥에서 기다렸나

일 년에 단 며칠은 차고도 넘치면서
산정山頂 그득한 물에 그대 그림자 비치어
가까이 들여다보려고 물속을 걸어보네

많은 올챙이 중에 너 하나 다가와
발가락 간질이네 옴찔 나 놀라네

알아요, 당신이군요
천 년 뒤에 만날 우리

3부

웃고 살모 최곤 기라

환승

어느 정거장에서
네 손 놓쳐버리고

우리 이대로 영영 서로 먼 사람일까

모퉁이
휘돌아 가며 스치는
바람 바람

왜?

가진 게 몸뿐인
해고 노동자들이

일하게 해달라는 그 절규 외면당하고

마지막
절박함으로
굴뚝 위에 올랐다

땅 위에선 더 이상 들어줄 귀가 없고

연기가 피어올라
불안감 자욱한데

하늘에
하소연하면
흰 눈 내리듯 소식 올까

코로나 시대

어디든 맘대로 가는
유튜브 여행 계속하다

앙코르와트 한구석 이끼로 스며드네

사람을 잊어버려서
표정조차 잃겠네

해피 버쓰데이

치매 적삼 채리입고 케익 앞에 새첩게 안자
각시맹키로 웃는 사진 느거한테 보낸데이

꼬로나 이겨내라꼬
브이 자도 기리났데이

고 애린 내 새끼들 뻭적인 기 운제더노
동무들 기침 소리에 촛불만 씰룩대이

사는 기 벨거 엄떠라
웃고 살모 최곤 기라

숙이 이모

안개초 작은 씨앗 어디서 왔을까요
부산에서 속초로 변산에서 울산까지
태화강 그 강변에서
한 아름 꽃 피우네요

쓰리고 아파봐서 지나치지 못하죠
상처를 만나면 모두 내 일 같아서
당신은 개안치 않아도
개안냐고 다독이네요

볕바른 강둑에 앉아 꺼끄러기 날려 보내고
십리대밭 지나가며 속엣말 털어내면서
이마에 드리웠던 그늘
시나브로 지우네요

택배 기사 모 씨

새벽부터 새벽까지 오만 보를 걸었다

먹고살려고 일하는데 숨 쉬기도 벅차다

운송장 손에 쥐고서 내가 나를 갉아먹는다

부자

말동무 하나 없이 몸만 다 큰 아이가
웃음을 입에 물고 빨래를 하고 있다
아빠를 든든히 지킬
야광 작업복 매만진다

행복해지기 위해서 무엇이 필요한가

아빠만 있으면 돼
너만 있으면 된다

서로의 얼굴과 눈빛
매일의 양식이다

배웅

여럿이 시간 만들어 은사님 찾아뵌 날
오래전 은퇴했어도 유머는 현역이고
간곡한 말씀 엮으면
몇 권 책이 되겠다

달아나는 시간을 잡고 싶은 안타까움에
오일장 구경하고 막걸리 한잔 하자는
다음에
아련한 약속
공중에 걸어둔다

열차 승강장까지 따라 나온 간절함이
하염없이 손 흔들며
추억을 배웅한다

열차가
보이지 않아도
젊은 날 향하여

소나기

곧장
내리꽂는다
추호도
망설임 없이

시퍼런 칼날이 선죽교를 벨지라도

할 말은
하고야 마는
그 사내의
단심가

무소유길

당신의 길 위에 새 길이 올라서자

편백나무 그늘은 무거움을 털어내고

휘었던 청대나무가 허리 곧추세웁니다

맑게 핀 수선화 당당하게 빛을 향하고

고요히 새를 부르는 후박나무 잎새들

청빈淸貧의 향기 속으로 길 하나 사라집니다

밤비

무슨 생각으로 구부려 산에 올랐나
수렴동계곡 더듬어
봉정 향하여 높이
땀으로 젖은 배낭엔
미역 한 봉 공양미 한 봉

백팔법당 문밖에서
온밤 새우고 나니
가을비 사붓이 다녀가신 내설악에
나뭇잎 떨군 가지마다
물방울 열매 달렸다

잔가지엔 작은 방울
굵은 가지엔 큰 방울
거슬러 맺혀 있는 건 아무 데도 없고

순하게 아래를 향해
흘러가는 하산길

해파랑길 44코스
– 물치천

사는 게 갑갑해서
소리 없이 흘렀지요

바다에 다다르자
막혔던 숨 터집니다

물살이
확 끌어안네요
풍덩 뛰어듭니다

사려니숲

오라버니 등처럼 듬직한 삼나무 으루나무

그 나무 쭉 뻗은 줄기에 기대고 싶어 등 대고 싶어 울울
창창 숲길 걸으며 마음을 부려놓네 붉가시나무 굴거리나
무 사시사철 푸르고 서어나무 때죽나무 때 되면 낙엽 지
고 이 나무 저 나무 한데 얼려 그늘을 지어 숲속은 한낮에
도 저녁처럼 어둑하여

정령이 튀어나올 것 같아 잠잠히 힘이 올라

가정법으로

1.

앉고 보니 역방향이네
끌려가는 것만 같아

나무와 건물이 휙휙 지나쳐 가며

시간을
뒤로 돌려서
기억을 재생한다

2.

삼 년 전 그 사람과
화해를 했더라면

화해 끝에 먼 여행 함께 훌훌 떠났다면

맞바람

부둥켜안고
정면으로 내달렸다면

호남평야

그루터기만 남은 논바닥이 수굿하다

가뭄과 태풍 폭우 거뜬히 견뎌내고

구릿빛 얼굴 가득히

퍼지는 육자배기

4부

풀어내니 흐르는 길

봄 무늬

아지랑이 가물가물
이른 봄날 비탈밭

달래 찾고 냉이 캐는 촌 아낙 호미질에

옆구리
간지러운 흙
막 부풀어 오르네

뒷모습

호미와 한 몸으로 살아온 옆집 할머니

허리가 되어준 지팡이도 어느덧 늙고

숙이고 숙이는 그림자 점점 더 줄어드네

비알밭 오가면서 길가에 꽃씨 뿌리고

살피꽃밭 작약 포기 이 손 저 손에 나눠주던

꽃으로 향기로 그려온 풍경화를 남기네

곰배령

산마루 서늘한 바람
가슴 가득 담아 왔지

가슬가슬 흙길이
곰의 배처럼 푹신했어

야생화
은은한 향기
옷자락을 따라와

옹이

자작나무 숲속에 가고 또 가다 보니

예전에 읽지 못한 줄기 흉터 보이고

옹이가 모두 상처인 줄 뒤늦게야 알았네

상처가 아물지 않으면 그 부위 곪아 터져

아픔도 새싹 돌보듯 가꾸고 보살펴야지

옹이를 무늬로 새겨 꽃결 피울 때까지

내린천 따라

산촌에 묻혀 사는 촌부
서글서글한 웃음처럼

깊은 산골짜기 숨은 계곡 물길 따라

철철이 서늘한 물을 내주어
흐르게 하네

구불구불 내를 따라 차창 열고 달리면

흥얼대며 가는 물에
쌍심지가 녹아서

쟁인 말 풀어내는 길
풀어내니
흐르는 길

아유가빈我有嘉賓[*]

오늘은 내 집에
기쁜 그대 옵니다

영 너머 가는 구름
뻐꾹새 울음소리도

더불어
찾아오네요
미소로 환영합니다

앞산 드리운 안개
봄비 데려온 바람

사과나무 가지 끝
지저귀는 곤줄박이

나에게

손님입니다
아름다운 손님입니다

배나무골 시편
– 너도 안녕?

시골로 이사 오니 인사말 사뭇 다르다

곰취 올라오는 소리 눈밭 바우 깨우고는 고라니가 콩밭을 밤새 매고 갔써요 옥쌔기가 익었사 좀 드셔볼라우 새벽안개 헤치고 송이버섯 나와가지구 개구리 잡아먹는 구렝이 눈과 맞중이해서 너구리가 희얀하게 창문 아래서 잠자드래요

앞산과 텃밭 안부가 흰 구름처럼 오간다

비설거지

한바탕 퍼부으려나
먹구름 몰려오네

널어놓은 질경이
재게 거둬들일 때

쏟아진 비에 씻겨서
슬픔 찌끼
내려가네

송이는 힘이 세다

갓에 근육 만들고 자루엔 뼈대 붙여
누르던 돌 밀어내고 몸통 솟구쳐서는

고요한 소나무 숲에서
누군가를 기다리지

살림살이에 짓눌려 허리 굽은 노총각과
어두운 세포로 몸 어딘가 막힌 이에게

솔향기 몸을 내놓아
고달픔을 부축하지

명아주

고구마순 올라올 즈음
더부살이 시작했나

영토 넓히는 작물 틈에
눈칫밥으로 쑥쑥

소롯이 하늘을 향해 줄기를 세웠다

굵지만 가볍고 가볍지만 단단해서

무너져 가는 허리에
버팀목이 되었다

한 해를 살다 떠나도
효자손이 되었다

잔뿌리

흙일까 검불일까
갈빛 이파리 그 아래
굳건히 땅속에 내린
냉이 원뿌리는
무엇을
붙들려고 하나
저 골똘한 자세로

용쓰고 버틴다고만
사는 게 살아지던가
땅속 벌레를 찾아
즐거운 놀이를 찾아
소소한
기쁨을 향해
촉수 뻗는 잔뿌리

우문현답

탐스러운 복숭아 해마다 열리면 뭐 해

벌레 먹고 썩어서 먹을 수도 없는걸

그냥 싹, 잘라버릴까
걸리적 거리는데

늙은 복숭아나무 못 들은 척 묵묵하더니

엄동설한 지나며 가지 빼빼 마르더니

두 눈이 똥그래질 만큼
예쁜 꽃빛 피워냈다

토박이 순호 씨

그건 직감이었지
원주민만 알 수 있는

일주일 내리 폭우에 선 채 쓸려 가던 나무

개천가 따라가면서
사람들 피하라 했지

천변 여러 생명이 홍수에 휩쓸린 당시

발 빠른 그이 덕분에
동리 주민 무사했지

꿋꿋이 땅을 지키다
언덕이 된
순호 씨

통나무의 말

불퉁한 옹이 때문에 구르다 자꾸 선다고?

불평들 그만하고 내 말 좀 들어보게 때늦은 폭설로 맥없이 쓰러진 뒤 날카로운 엔진 톱날에 썽둥썽둥 잘려서 산 아래로 쿠당탕 굴러가던 나무를 덜컥덜컥 걸린다며 대놓고 투덜대는데 통째로 몸을 내준 우리 덕분으로 자네들 아랫목 뜨뜻하지 않았나

멈출 때 더러 있었지만 잘 굴러 왔잖은가

농부는 시인이다

막 캐 온 고구마 흙을 살살 털어서
마루 벽 한가운데 걸어놓은 소치리댁

몸으로 시 한 편 지어
보란 듯이 발표했네

이랑을 구상할 땐 행과 행 배열하듯
모종을 심을 땐 마침맞은 시어 놓듯

밭고랑 비워둔 당신
행간의 뜻 알기에

손길이 닿은 만큼 흐뭇하게 달린 결실
노고로 흘린 땀이 올 농사 탈고해서

수확물 두루 나누네
하늘과 동업하기에

환승역에서 만난 존재의 숨결

이송희 시인

1

조안 시인의 두 번째 시집 『자작나무 옹이』의 매력 포인트는 목가적인 정서가 농밀하게 녹아든 문장과 화법에 있다. 기획되고 관습화된 세계의 산물이나 기교와 수사로 꾸민 언어들을 과감하게 배제하고, 시인의 솔직담백한 시선으로 삶의 뒷모습을 꿰뚫는 전략이 다양한 대상의 존재 가치와 이유를 곱씹게 한다. 시인의 언어는 쉽고 간결하면서도 가볍지 않게 개인과 사회의 문제를 풀어간다. 순수한 인간 정서를 다루면서 누구에게나 주어진 시·공간을 공유하며 소통과 성찰을 유도하려는 시인의 의도가 긍정적으로 발현되었다고 할 수 있다. 거기에 "깨질 때 깨지더라도 신나게 살아보자고"(「얼음꽃」) 주먹 불끈 쥐며 다짐하는 의지를 더해주는 것은 애정과 관심을 넘어선 실천적 사유가 바탕이 되었음을 알 수 있다. 얼음도 꽃이라고 이야기하고 있는 것을 보면 금방 녹아도 꽃을 피우며 자신의 존재를 드러내고 싶은, 소외된 존재들을 호명해 주는 것임을 알 수 있다. 하루를 살더라도 아름답게 눈부시게 명예롭게 살고 싶은 존재들에게 희망이 되어주는 생명의 시가 여기 있다.

"곁에 있어줄게/ 네 손 잡아줄게// (……) 너의 말 들어줄게// 모두 다 받아줄 거야"(「몽돌 해안」)라는 말 속에는 길을 잃고 동료를 잃고 급기야는 자신을 잃어버리고 어딘지 모를 환승역에서 발을 동동 구를 존재들을 따뜻하게 품는 공생의 미덕이 있다. 시인은 「굴착」이라는 시에서도 "이 가슴/ 터널을 뚫고/ 들어와도" 괜찮다고 마음을 열어둔다. 조안 시인의 이번 시집은 거칠고 딱딱한 맨바닥에서 출발한다. 시인은 그 길 위에서 만나는 이들에게 손을 내밀며, "알아요, 당신이군요"(「사라오름」)라고 말한다. 그들은 "천 년 뒤에 만날 우리"이면서 '어제 만난 우리'이고, '현재의 우리'이며 '나'이다.

"사람을 잊어버려서/ 표정조차 잃"(「코로나 시대」)을까 봐 시인은 언제든지 들어오라며 가슴을 열어준다. 또한 시인은 「길을 잃은 너에게」라는 시를 통해서도 길을 잃은 수많은 '너'를 위해 "네가 가면/ 길이" 된다는 생의 진리도 알려준다. "아픔도 새싹 돌보듯 가꾸고 보살"(「옹이」)피면 눈부신 꽃을 피울 수 있다는 희망과 '무소유'에 이르는 깨달음이 인간 보편 정서에 대한 묘사와 결합되면서 조안 시인의 서정은 빛을 발한다. 상처를 통해 성장하는 삶을 그린 「옹이」에서 시인은 상처를 품고도 꿋꿋하게 살아남았다는 것이 존귀하고 아름다운 것이라는 이야기를 하고 싶었을 것이다. 조안 시인이 '무소유길'에 이르는 존재들과 동행하는 길이 즐거울 수 있는 것은 이러한 긍정적인 인식과 사유 덕분이다.

2

줄과 줄이 만나 출렁다리 하나 놓듯
사람과 사람 사이도 출렁이며 줄을 잇지

물감이 번진 자국은
잇대지 못한 주춤거림

그넷줄이 마주 보듯 우리가 맞댄다면
인드라 그물망처럼 서로 어우러지지

이어진 그 구명줄에
그림 한 폭 걸리고

줄은 모든 존재하는 것들을 이어준다. 따라서 줄은 상호 의존적이며 서로가 상관관계를 갖는다는 것을 표상하는 매개물이다. 내가 있어야 네가 있고 네가 있어야 내가 있다는 것으로, 우리는 모두 줄로 연결되어 있음을 파울 클레의 〈줄 타는 사람〉을 이미지화하며 드러내고 있다. 달리 말하면, 우리의 존재는 서로 긴밀한 상호작용을 통해서 작동하는 유기체적 존재라는 의미다. 이 시는 "줄과 줄이 만나 출렁다리 하나 놓듯/ 사람과 사람 사이도 출렁이며 줄을 잇"는 것이라는 유기적 관계의 의미를 품는다. 이렇게 이어진 구명줄은 생명을 이어준다. 줄은 탯줄로부터 우리가 생명의 기운을 받고 성장한다는, 근원적인 의미로서의 상징성을 갖는다. 사람 사이도 단절되지 않고 이어지고 연결되어 있어야 살아갈 수 있다. 탯줄도, 출렁다리의 출렁이는 줄도 구명줄이며, 인드라 그물망도 구명줄이다.

인드라망Indra網은 내 존재의 실상으로, 끊임없이 서로 연결되어서 온 세상으로 퍼지는 불법의 세계라 할 수 있다, 투명한 유리구슬이 수많은 유리구슬을 비추며, 자기 안에 수많은 유리구슬을 품듯이 모든 삼라만상이 서로 긴밀하게 연결돼 있다는 것이다. 따라서 상대를 배제하고 자신의 안위만 생각하는 것은 결국 모든 관계를 단절하는 것으로 아이러니하게 자기 자신을 죽이는 행위가 되어버린다. 상생과 공생을 생각하지 못하면 공멸共滅이다. 이 세상 그 무엇도 온전히 독립하여 살아가는 개체는 없다. 모든 것이 유기적으로 연결되어 있기 때문에 '자기 혼자만 살겠다'는 것은 결국 '자기만 죽겠다'는 의미가 된다. 줄이 끊기면 우리는 함께 소멸할 수밖에 없다는 인식을 갖는다면, 상대와 더불어 사는 미덕을 생각하고 실천할 수 있을 것이다. 조안 시인의 시적 출발은 혼자만 살아남고자 하는 이기적이고 개인화된 관계의 속성을 파고드는 비평적 시각을 견지하는 것에서 비롯된다.

뭐라!
시간을
주무르고 뚝딱인다고?

가만히 앉아서
국경을 넘나든다고?

꽃송이
피워내려고
씨앗부터 만든다고?
　　－「시간 공방」 전문

일반적으로 공방工房은 가구나 그릇 혹은 다양한 소품 등 실재하는 물건을 만들어내는 작업소다. 그런데 시인은 '시간 공방'이라는 제목으로 '시간'이라는 추상적인 개념을 병치하며 시간을 만들어내는 공방의 이미지에 주목한다. 시간은 천체天體의 운동에서 만들어진 개념인데, 이는 인간이 인간 삶의 유용한 도구로 만들어낸 환상에 지나지 않는다. 실상 우리가 사는 우주는 동체同體이자 동시同時로 존재하므로 시간은 그 실체가 없다. 이 우주에는 독립된 개체가 있을 수 없고 흘러가는 시간이라는 개념 또한 그 실체가 없다. 시간은 물리적인 거리감이 주는 환상일 따름이다. 인간은 유한하고 일시적인 육신을 입고 태어남으로써 인식할 수 있는 세계의 폭이 좁아지고 작아지다 보니, 흐르는 시간이 엄연한 실재처럼 인식되는 것이다.

태양이 빛을 보내 지구에 도달하는 데 약 8분 20초가 걸린다고 한다. 우리는 태양과 지구의 물리적 거리 때문에 현재가 아닌 8분 20초 전인 과거의 태양을 보고 있을 따름이다. 태양과 지구의 관계뿐 아니라 지구라는 행성 안에서도 그 관계는 마찬가지다. 영국의 그리니치 천문대는 지구의 경도를 중심으로 세계 표준시의 기준점이 되었는데, 우리나라는 영국보다 아홉 시간 앞선 시차를 가지고 있다. 예를 들면, 영국과 우리나라에서 동시에 아이가 출생했는데, 영국에서 태어난 아이는 우리나라에서 태어난 아이보다 아홉 시간이나 늦게 태어난 것이 되어버리고 만다. 그러므로 반복하건대 시간은 물리적인 거리가 주는 환상이라고 말할 수 있는 것이다. 인간은 천체 운동, 즉 지구의 자전과 공전을 적용해 시간이란 개념을 만들어낸 것이다.

그러나 실재는 과거·현재·미래가 따로 존재하는 것이 아니라 동시에 존재한다. 시간은 상대적인 개념이다. 유사한 의문문으로 전개된 단시조 「시간 공방」이 매력 있는 이유는 종장에 있다. 시간을 주무르고 뚝딱여서 "꽃송이/ 피워내려고/ 씨앗부터 만든다고?" 하는 대목이다. 씨앗 안에 이미 꽃송이가 있는데, 꽃송이 피워내려 씨앗부터 만든다는 것에 주체는 의문을 품는다. 도토리 열매 안에도 상수리나무가 잠재되어 있는 것처럼, 우리는 그저 유한하고 찰나적인 순간을 살 뿐이라는 '시간이라는 환상'을 깨뜨린다면 어떤 대상이 가지고 있는 온전한 모습을 만날 수 있을 것이다. 그러나 흐르는 시간이 있다는 환상에 매몰되어 있다면, 어떤 대상이 시간의 흐름에 따라 태어나고 자라고 소멸하는 것처럼 보일 수밖에 없다. 모든 것은 이미 발현되어 있다. 즉 우주 공간에 이미 온전하게 펼쳐져 있다. 인간은 시간이라는 꿈을 꾼다. 흘러가는 시간은 가만히 앉아 국경도 넘나든다. 흐르는 시간은 경계를 넘어서게 하는 힘이 있으나, 이 경계도 인간이 만들어놓은 환상이다. 인간의 편의를 위해서 만들어진 시간이라는 개념은 경계를 그으며 살아가

는 우리에게 우리가 더불어 함께 움직여야 한다는 의미를 시사
하는 듯하다.

　　꽃이든 동물이든 반려가 되는 세상

　　눈빛을 나누며 외로움을 건너가네

　　오롯이 함께한다면 돌멩인들 어떨까

　　마음도 지친 몸도 온전히 쉬어 가는 자리

　　한데 살든 멀리 살든 평생 그리운 사람

　　기꺼이 풀어주고는 서슴없이 감기게
　　　－「가족」전문

　가족에 대한 기존의 사회적 정의는 부부를 중심으로 한 혈연
과 혼인, 입양 관계를 통해 맺어진 집단 또는 구성원이라는 개
념이 강했다. 그런 점에서 가족을 한 사회를 측정하는 객관적
인 지표라고 할 수 있었으나, 요즘은 반려 동·식물을 비롯한 생
활 동반자까지도 가족의 개념으로 인식하는 경향이 있어 가족

구성원을 정의하기가 쉽지 않다. 특히 서로 생계를 책임져 주는 관계도 아니고 소통과 공감을 해주는 관계도 아닌 존재들까지도 가족이라는 범주에 넣어야 할까에 대한 의문에는 가족의 해체라는 안타까운 세태도 담겨 있다. 가족은 구성원들끼리 서로의 빈 곳을 채워주는 존재로서 사랑을 실천하는 시작점이 된다. 가족의 개념을 어떻게 받아들여야 할지, 무엇을 가족으로 정의해야 할지에 대한 의문은 이 시의 전개에서도 드러난다. 이미 "꽃이든 동물이든 반려가 되는 세상"인 데다, 이들은 "눈빛을 나누며 외로움을 건너"간다. "오롯이 함께한다면 돌멩인들 어떨까"라는 부분에서는 우리 시대 가족의 해체, 어떤 이유로든 같은 공간에서 더불어 살아가기가 어려운 가족의 풍속을 이미지화한다. "한데 살든 멀리 살든" 늘 그리워하며 서로를 챙겨주는 존재라면 꽃이든 동물이든 돌멩이든 가족이 아니라고 말할 수 없다는 것이다. "기꺼이 풀어주고는 서슴없이 감기"는 가족의 소중함과 진정한 가족의 의미를 곱씹어 보게 한다.

3

공중에 퍼진 씨앗 어디서든 움이 트듯

고마워

잘했어
멋지네
넌 좋은 사람

이 말들
멀리 날아가
그대 안에 뿌리내리길
—「허공에 파종하다」 전문

　씨앗이 움을 틔우려면 토양土壤에 뿌리를 내려야 하는데 왜
시인은 허공에 파종한다고 했을까? "고마워", "잘했어", "멋지
네", "넌 좋은 사람"이라는 말들이 멀리 날아가 "그대 안에 뿌리
내리"기를 바라는 주체의 마음 때문이다. 이 시는 이런 말들이
그대의 마음에 뿌리내려 곱고 아름다운 말을 사용했으면 좋겠
다는 내용을 담고 있다. 공중에서 말이 씨앗처럼 사방으로 퍼
지고 움이 트듯 말들은 전염이 된다. 막말과 욕설, 독설 등을 퍼
부으며 상대를 기만하고 조롱하는 존재들 때문에 억울하게 고
통받는 이들이 죽음에 이르는 안타까운 상황이 악순환처럼 반
복된다. 고운 말로 세상을 좀 더 따뜻하게 대해주고 품어주었
으면 좋겠다는 시인의 바람이 행간에 녹아 있다. "공중에 퍼
진 씨앗"이므로 어떤 사람에게 했던 말 자체가 그 사람에게 유

형·무형의 영향을 줄 수밖에 없다. 평상시 그 사람이 자주 쓰는 말 자체가 일종의 주술이며 기도이고 도참圖讖인 것이다. 말은 자기 삶을 결정짓는다. 즉 '어떤 말을 사용했는가' 하는 것은 자신의 삶에 그대로 녹아들어 영향을 준다. 생각이 말로 드러나고 말은 행동으로 옮겨진다. 그만큼 말은 중요하므로 긍정과 희망의 언어, 가능성의 언어를 사용해야 한다. 이렇게 해야 우리는 미래의 희망을 발견할 수 있다. 밝고 긍정적인 인간관계를 만들어갈 수 있다. 씨앗(말)은 가장 오래된 미래이다.

마음이 무거운 날 홀로 산길 걷는다

벗을 수 없는 배낭은 무게로 다가오고

숨이 찬 고갯마루에서 올라온 길 돌아보네

멀리 바라보면 동화 같은 집과 사람이

왜 가까이에서는 벽이고 상처였을까

뾰족한 심정을 안고 칼바위능선 지나가네

한 발씩 옮겨 디딘 아찔한 낭떠러지가

베이고 무너지는 건 한순간이라 하네

가뿐한 고요 한 채가 이제 산을 내려간다
　　　－「메아리」전문

　찰리 채플린은 "인생은 가까이에서 보면 비극, 멀리서 보면
희극이다"라고 말했다. "멀리 바라보면 동화 같은 집과 사람
이// 왜 가까이에서는 벽이고 상처였을까" 생각하는 되새김의
문장에는 인생이 가까이에서 보면 고통이자 번뇌라는 의미가
담겨 있다. 가령 농촌 풍경도 멀리서 바라보면 고요하고 풍요
롭고 평화로워 보이지만, 가까이 다가가서 바라보면 햇볕 아래
땀으로 범벅이 된 농민들이 열심히 논밭을 일구며 힘들게 일하
는 표정이 보인다. 주체는 "고갯마루에서 올라온 길 돌아보"며
이렇게 내려다보면 "동화 같은 집과 사람"인데, 아등바등하면
서 이웃과 갈등하며 살았을까 생각하며 마음을 비우고 내려간
다. 그러나 내려오면 달라질 것이 아무것도 없는 분주한 일상
이 기다리고 있다. '메아리'라는 제목에는 희극과 비극이 맞물
려 돌아가는 일상이 삶의 숙명이라는 의미가 있다.

1.

앉고 보니 역방향이네
끌려가는 것만 같아

나무와 건물이 휙휙 지나쳐 가며

시간을
뒤로 돌려서
기억을 재생한다

2.

삼 년 전 그 사람과
화해를 했더라면

화해 끝에 먼 여행 함께 훌훌 떠났다면

맞바람
부둥켜안고
정면으로 내달렸다면
─「가정법으로」 전문

과거로 되돌아간다고 해서 다른 선택을 하기는 쉽지 않다. 세상 모든 일은 필요하기에 일어난다. 선善이든 악惡이든 아무런 이유 없이 어떤 일이 벌어지지는 않는다. 인도 영화 〈삼사라 The Samsara〉(판 나린 감독, 2004)에는 "인간이 태어난 이유는 경험하기 위해서이다. 경험한 자만이 포기할 수 있는 것을 안다"라는 대사가 나온다. 경험을 통해 인간은 확실히 배운다. 영적인 성숙을 위해서든, 만족스럽고 행복한 삶을 위해서든 경험을 해야 '자기 자신'을 알 수가 있다. 경험의 과정을 통해 진짜 자기 자신이 누구인지 각성할 수 있다. 이 상황에서 '만약'이라는 가정법은 아무 의미가 없다. 가정법으로 다시 과거로 거슬러 간다고 해도 똑같은 선택을 할 가능성이 높다. "삼 년 전 그 사람과/ 화해를 했더라면// 화해 끝에 먼 여행 함께 훌훌 떠났"을 텐데, 후회하는 이 문장에는 무슨 이유로 또 어떻게 화해해야 하는지 드러나지 않았다. 그러므로 또다시 다툴 가능성을 배제할 수 없다.

영화 〈타임머신The Time Machine〉(사이먼 웰스 감독, 2002)에서도 사랑하는 약혼녀(엠마)의 죽음에 슬퍼한 과학자가 타임머신을 개발해 시간을 되돌려서 약혼녀를 살리려 하지만 결국 약혼녀는 죽는 장면이 나온다. 그에겐 약혼녀의 죽음이 반드시 겪어내야 할 운명Karma이었을 것이다. 그에게는 이런 경험을 통해 '진실과 영적 성숙'을 위한 깨달음이 필요했을 것이다. 가정법을 쓴다는 것은 과거의 그 경험을 통해, 현재 소중한 깨달음을 얻었다는 것을 보여준다. 그럼에도 과거로 돌아가면 다른 판단과 선택을 하기 어려울 것이라는 의미를 암시하고 있는 것으로 보아, 지금 이 순간의 선택이 중요하다는 것을 알게 하려는 듯하다.

어느 정거장에서
네 손 놓쳐버리고

우리 이대로 영영 서로 먼 사람일까

모퉁이
휘돌아 가며 스치는
바람 바람
  -「환승」전문

환승은 교통수단을 갈아타는 것인데, 이 시의 환승은 윤회(환생)의 의미로 해석해 볼 수 있다. 윤회를 하게 되면 어떤 대상을 다시 만날 수도 있지만, 그때는 이미 지난 과거생을 기억하지 못한다. 이렇게 버스든 택시든 지하철이든 한번 갈아타 버리면 다시 만나기가 쉽지 않다. '회자정리 거자필반會者定離去

者必返'이라는 말은 만난 사람은 헤어지게 되어 있고, 떠난 사람
은 언젠가 반드시 돌아오게 되어 있다는 뜻이다. 이것이 인연
이므로 그 누구라도 원수지면서 살면, 또다시 만나 업보_{Karma}
를 갚아야 하는 일이 생길 수밖에 없다는 것이다. 형체도 없이
오가는 바람 같은 존재도 소중한 인연으로 다시 만날 수 있으
니, 함부로 대해서는 안 된다는 전언이다.

　　탐스러운 복숭아 해마다 열리면 뭐 해

　　벌레 먹고 썩어서 먹을 수도 없는걸

　　그냥 싹, 잘라버릴까
　　걸리적 거리는데

　　늙은 복숭아나무 못 들은 척 묵묵하더니

　　엄동설한 지나며 가지 빼빼 마르더니

　　두 눈이 똥그래질 만큼
　　예쁜 꽃빛 피워냈다
　　－「우문현답」 전문

"그냥 싹, 잘라버릴까/ 걸리적 거리는데"라고 하는 부분은 우문愚問에 해당하고, "늙은 복숭아나무"가 "예쁜 꽃빛 피워"내는 행위는 현답賢答이다. 볼품없고 늙었지만 되살아날 수 있다는 점에서 「우문현답」은 눈에 보이는 것이 전부가 아님을 이야기한다. 모든 것은 때가 되면 꽃도 피고 열매도 맺히니 성급하게 굴지 말고 여유를 갖고 가만히 '때'를 기다리라는 말이다. 사람도 일도 마찬가지로 너무 조급하거나 눈에 보이는 것만 믿다가는 소중한 것을 놓친다. 사람들은 눈에 보이는 것을 전부라고 믿고 어리석은 행동을 하는 경우가 있다. 우리가 「가정법으로」라는 시에서처럼 어떤 상황을 '가정假定'이라는 상황으로 생각하는 행위 역시 인내심이 부족하고 시각적인 현상에만 몰두해서 생긴 과오나 실수에 대한 자기 성찰적인 행동이 아닐까. 시인은 이 시를 통해 기다릴 줄 아는 태도와 인간의 조급함으로 인해 놓칠 수 있는 중요한 가치들을 생각해 보게 하는 것이다.

4

　가진 게 몸뿐인
　해고 노동자들이

일하게 해달라는 그 절규 외면당하고

마지막
절박함으로
굴뚝 위에 올랐다

땅 위에선 더 이상 들어줄 귀가 없고

연기가 피어올라
불안감 자욱한데

하늘에
하소연하면
흰 눈 내리듯 소식 올까
　−「왜?」전문

　인간 문제를 하늘에 하소연한다고 문제가 해결될까? 노조를
탄압하는 정부의 행태는 노동자들의 존재 자체를 부정하는 행
위와 다름없다. 노동자를 마치 공장에서 돌아가는 기계의 부품
처럼 도구화하거나 수단시하는 행위에는 인간으로서 누려야

할 권리를 박탈하는 기득권 세력의 폭력이 내재해 있다. 노동자는 왜 굴뚝에 올라갔을까? 해고당한 노동자가 아무도 자기 이야기를 들어주지 않자, 자신의 절박한 심정을 하늘에 호소하기 위해서다. 그러나 이 모든 갈등과 대립은 인간에 의해 비롯되지 않았는가. 살아남고자 하는 생존의 문제라 절박할 수밖에 없다. '왜?'라는 제목은 해고된 노동자가 무슨 연유로 굴뚝 위로 올라갔는지 원인 규명을 사회 구조적인 차원에서 파헤치려고 한 제목으로 보인다.

비정규직(계약직)이 크게 늘어난 원인 중 하나는 IMF(국제통화기금) 때문이다. 국가부도 사태로 기업들은 불가피하게 구조조정을 해야 했는데, 그 과정에서 노동자들을 더 쉽게 채용하고 해고할 수 있도록 고용(채용) 제도를 바꿔버린 것이다. 당시 정부에서는 기업을 살리기 위한 어쩔 수 없는 방편이었을 것이고, IMF가 그것을 요구한 것이겠지만 지금까지 이 불합리한 시스템을 악용한 사례는 적지 않다. 기업(회사) 입장에서는 정규직이 많으면 사내 체질 개선이 어려울 뿐만 아니라, 쉽게 노동자들을 해고할 수도 없어 계약직 형태로 비정규직을 늘린 것이다. 구조조정의 편의를 위해 쉽게 노동자들을 해고할 수 있도록 만든 제도인데, 밤낮으로 이용당하다 하루아침에 해고되는 노동자의 현실은 막막하고 암담하기만 하다. 이러한 안타까움은 조안의 시 곳곳에서 다른 모습으로 드러나면서 우리 사회의 부조리를 고발한다.

치매 적삼 채리입고 케익 앞에 새첩게 안자
각시맹키로 웃는 사진 느거한테 보낸데이

꼬로나 이겨내라꼬
브이 자도 기리났데이

고 애린 내 새끼들 빽적인 기 운제더노
동무들 기침 소리에 촛불만 썰룩대이

사는 기 벨거 엄떠라
웃고 살모 최곤 기라
　－「해피 버쓰데이」전문

　통계에 의하면 치매에 잘 걸리는 노인들은 대체로 인생의 보
람과 즐거움이 없고 행복한 추억이 별로 없는 이들이 많다고
한다. 반면 아름다운 추억이 있거나 삶의 보람을 느끼는 일을
하는 노인들은 치매에 잘 걸리지 않는다는 것이다. 정년퇴직
이후에도 왕성한 사회 활동을 이어나가는 액티브 시니어Active
Senior들은 치매에 걸릴 확률이 낮다는 것이다. "사는 기 벨거

엄떠라/ 웃고 살모 최곤 기라"는 주체의 말은 치매에 걸린 후에 지나온 삶을 후회해 보았자 아무 소용이 없다는 것을 뒤늦게 깨달았음을 보여준다. 치매는 자기 자신을 잃어버리는 병이어서 결국 모든 인간관계가 끝나버린다. 그래서 치매는 무섭고 두려운 병이다. '나'로서의 삶을 소중하게 생각하고 즐겁게 살 수 있도록 자신을 가꾸고 마음을 다져야 한다. 지나온 삶을 기억할 수 없다면, 지나온 '나'의 삶도 끝나고 만다. 망각은 잠정적인 상실이기 때문이다. 기억하면 되찾을 수 있다. 그러므로 '나' 자신은 수만 가지 기억의 복합체다. '나'라는 존재는 복합적인 관계에 의해 얽혀서 만들어졌으므로 기억하지 못하면 '나'는 자신을 잃어버리는 비극을 만나게 된다. 지역 방언을 그대로 살려 현장감을 더하면서 '해피 버쓰데이'라는 제목의 환기로 삶의 소중함을 더욱 각인시키고 있다.

5

조안 시인이 궁극적으로 지향하는 길은 무소유의 길이 아닐까? 청빈淸貧은 가난해야 맑아질 수 있다는 의미인 반면 부유富裕하면 혼탁混濁해지기 쉽다는 세상 이치를 품고 있다. 청부淸富, 즉 '부유함'과 '맑은 것'이 함께하기는 어렵다. 미니멀리즘 minimalism처럼 되도록 비우고 비우면 깨끗해지고 맑아진다. 무엇이든 많이 소유하고 집착하면 탁해지는 건 어쩔 수 없다. 무소유는 모든 관계를 끊어내고 아무것도 갖지 않는다는 뜻이 아니라 내게로 오고 '나'로부터 떠나는 것들에 대해 아무런 미련이나 집착을 두지 않는다는 의미다. 오고 가는 그 인연에 집착하지 않고 잠시 인연이 닿아 왔다 간다는 개념 혹은 빌려 쓴다는 개념으로 모든 인간을 바라보아야 한다는 것이 조안 시인의 '무소유길'이 품고 있는 사유가 아닐까.

당신의 길 위에 새 길이 올라서자

편백나무 그늘은 무거움을 털어내고

휘었던 청대나무가 허리 곧추세웁니다

맑게 핀 수선화 당당하게 빛을 향하고

고요히 새를 부르는 후박나무 잎새들

청빈淸貧의 향기 속으로 길 하나 사라집니다
ㅡ「무소유길」전문

사람이 세상을 대하는 태도에는 크게 소유하기Having, 행동하기Doing, 존재하기Being가 있다. 이것은 행복에 이르는 단계이기도 한데, 먼저 뭔가를 소유했을 때 만족과 기쁨을 느끼는 단계가 있다. 그러나 이 세상 그 무엇도 영원한 것은 없으며, '소유하겠다는 마음'은 소유의 대상에 속박되는 것으로, 결국 소유를 통한 행복은 금세 무너지고 만다. 그래서 행동으로 보여주는 단계에 이르게 되는데, 이 또한 행동을 해야 한다는 조건이 충족되지 않으면 결코 행복해질 수 없다. 그래서 '있는 그대로' 대상을 받아들일 때 행복해질 수 있다는 마지막 단계에 이르게 된다. 존재하기 그 자체에 머무르는 것, 그럴 때 우리는 진정한 자유와 해탈을 경험하고 마음의 평화를 얻는 무소유에 이른다. 모든 것은 인연 따라 오가고 빌려 쓰는 것인데, 이런 인연에 소유와 집착이 들어가면 거기서부터 불행이 시작된다. 그래서 무소유의 길은 자유와 해탈의 길이 된다. 감옥의 교도관은 갇혀 있는 죄수들을 감시해야 한다는 점에서 자신을 스스로 구속 혹은 속박하는 존재다. 그런 점에서 폭력을 행사하는 사람도 엄밀하게 말하면 그 폭력에 학대받는 존재가 된다. 소유하면 속박당한다. 그래서 자유롭고 평화롭기 위해서는 무소유를 실천해야 한다는 시인의 전언이 여기에 있다.

또한 시인은 "허락 없이 마음을 뒤흔드는 풀꽃들"(「굴착」)에게 "너희에겐 언제든 무단 굴착을 허용한다"며, "이 가슴/ 터널을 뚫고/ 들어와도" 괜찮다고 말한다. 그는 생명이 있는 것들에 마음을 허락해 주는 포용의 미덕을 지녔다. 땅이나 암석 따위를 파고 뚫고 들어가는 행위의 굴착. 뚫고 들어가는 행위에는 그만큼의 노력이 필요하다. 어떤 관계든 그냥 소통되는 것은 없다. 겉모습이 아닌 감춰졌던 속마음에 닿으려는 굴착의 과정이 필요하다는 것을 시인은 이야기하고 싶었던 것이다. 조안 시인은 '환승'하는 길목에서 갈피를 잡지 못하는 이들에게 '길'이 여기 있음을 안내하는 길잡이의 역할을 한다. 그에 의하면 길은 "사방으로 구부러지고/ 엉켰다가 나아가"(「길을 잃은 너에게」)는 것이고, "쭉 뻗은 그 길만 길 아니"며, "네가 가면/ 길이" 되는 것이다. 길은 따로 정해져 있는 것이 아니라 네가 가고자 하는 곳임을 알려준다. 방황도 하나의 과정이니 자신의 길을 굳건하게 갈 것을 당부한다. 뭇 생명과 소통하며 자신의 정체성을 찾아가는 행위로 '무소유'의 길을 걸을 때 우리 자신은 생동감으로 눈부시게 빛난다는 것을 조안 시인은 안다.